KB083291

이번 생은
망하지 않았음

- 귀찮의 퇴사일기 -

이번 생은
망하지 않았음

- 귀찮의 퇴사일기 -

글·그림 귀찮

엘리

차례

#1
내가
퇴사한 이유들

늦은 가을 - 초겨울

#2
퇴사,
이후의 삶

추운 겨울 - 봄

#3
잡아야 할 것
놓아야 할 것

완연한 봄 - 여름

4

이제야

보이는 것들

다시 가을, 그리고 겨울

#1
내가 퇴사한 이유들

늦은 가을 - 초겨울

1. 연봉 협상

저, 그만두려고요.

네? 귀찮씨, 갑자기 그게 무슨 말이에요.

생각해보니까요,
회사가 절 인정해주는 부분이
하나도 없는 것 같아요.
이번 연봉 협상 결과를 좀 보세요.
회사는 절 필요로 한다면서
결국 절 인정해주진 않잖아요.

귀찮씨, 그 정도면
다른 분들에 비해 많이 오른 거예요.

왜 제가 다른 사람하고 비교되어야 하죠?
남들과 비교해서 올려달라는 게 아니라
저의 가치를 객관적으로 평가해달라는 거예요.
제가 이 회사를 오래 다닐 수 있게
진심으로 저의 가치를 인정해달라고요.

이 정도면
회사로선 귀찮님을 정말 좋게 평가한 거예요.
그렇게 생각되지 않으면
이 회사를 나가세요.

네.
그래서 그만둔다고 말한 겁니다.

광!

은 상상일 뿐,
현실은

사인하세요.

이제, 가서 일봐요.

2. 회사를 그만두고 싶은 이유

예전에 회사를 그만두고 싶은 이유는
크고 작은 차별, 모욕, 비난 때문이거나
정말 열심히 했는데 회사가 그것을 인정해주지 않는 것 같아서였다.

근데 요즘 내가 회사를 그만두고 싶은 이유는
뭐라도 될 수 있는 기회를 놓칠 것 같아서, 라고 할까?
언젠가부터 일은 내가 열심히 하는데
나의 가치가 아니라
회사의 가치가
올라가는 느낌이 들었기 때문이다.

마치 재주는 곰이 부리고
돈은 주인이 버는 것처럼.

물론 곰은 주인을 만나기 전까지
자신에게 멋진 재주가 있다는 것을 몰랐을 거고
설령 알고 있었다 해도
그것이 멋진 재주인가에 대해 확신이 없었을 것이다.
그렇게 주인과 타협해
상부상조하는 곰의 인생도
나쁠 것은 없다고 생각한다.

근데 만약,
곰이 더 많은 재주를 부릴 수 있다면?

그러나 주인은
곰이 저글링만 잘해주길 바란다면?

저글링 재주 하나로 주인에게 칭찬받으며 살다가
정신 차려보니 자신에게 또 다른 재주가 있다는 걸 알게 됐는데
막상 저글링을 버릴 용기가 나지 않는 늙은 곰이 되어 있다면?
할 수 있는 게 저글링밖에 없는 곰이 되어 있다면?

나는 내가 그런 곰이 될까 봐 무섭다.

회사에서 나에게 주는 월급이 적다고 생각한 때도 있었다.
회사에서 나를 좀더 인정해주었으면 하고 바란 때도 많았다.

근데 지금은 회사에서 월급을 많이 준다고 해도
인정을 많이 받는다고 해도
그만두고 싶은 이유 같은 것이 생기기 시작했다.

그러나 회사란 든든한 울타리를 포기하고
내가 과연 할 수 있을까.

3. 29번째 생일에 저지른 일

2017년 11월 6일,
29번째 내 생일.
팀장님한테 말했다.

팀장님,
저 그만두려고요.

3년 차 직장인.
모아둔 돈도,
마땅히 비빌 곳도,
이후의 구체적인 계획도 없는 채로
그만두겠다고 뱉어버렸다.

매달 내야 할 월세를 생각하면
뱉지 말았어야 할 말이었다.
회사에서 꼬박꼬박 챙겨준 식대를 생각하면,
숨만 쉴 뿐인데 드는 유지 비용을 생각하면,
정말 하지 말았어야 할 말이지만

:
:

물은 엎질러져버렸다.

이제 어떡하지?

4. 퇴사를 결심하게 한 말

왕복 두 시간이 걸리는 출퇴근 거리,
일찍 퇴근하고 집에 와도 8시 반이 넘어버렸다.
한숨 돌리고 씻고 나면 밤 10시.
청소를 하기에도 다른 무언가를 하기에도 참 애매한 시간.
핸드폰만 보다 잠들기 일쑤였다.

주말엔 좀 쉬고 싶었지만 떳떳하게 쉴 수도 없었다.
지금 하고 있는 일이 나를 평생 먹여살려줄지 자신이 없었기에
주말마다 고향에 내려가 가족 일을 돕거나,
학원을 다니거나 자격증 공부를 했다.
그래야만 잠시라도 불안함을 밀어낼 수 있었다.

가끔 아무 생각 없이 놀고 싶을 때도 있었다.
친구들을 만나 술을 진탕 마시거나
집 앞 카페에서 커피 한 잔의 여유를 즐기고도 싶었지만
내게 그럴 자격이 있나 싶은 마음이 자꾸만 들었다.
나에겐 아직 그 어떤 것에 대한 확신도 없었으니까.
성공도 못했으니까.

그저 집 안에 틀어박혀 아무것도 하지 않거나
고향집에 내려가거나 학원을 다녔다.
그거라도 안 하면 내가 뭐가 될 수 있나 싶어서.
그거라도 해야 양심의 가책을 덜 수 있어서.
지난 3년의 시간을 그렇게 보냈다.

서울 집은 자연스레 엉망이 되어가고 있었다.

바닥엔 먼지와 머리카락이 뒤엉켜 굴러다녔고
냉장고를 열면 먹다 남긴 파스타에 허연 곰팡이가 피어 있었다.
언제 두었는지 모를 사과는 살짝만 눌러도 푹푹 꺼졌고
설거지와 빨랫감은 늘 쌓일 대로 쌓여 있었다.
버티고 버티다 입을 속옷이 없을 때가 되어서야
겨우 세탁기를 돌렸다.

모처럼 주말에 집에 있는 날이면
집 안의 먼지를 털어내고 청소기를 돌리고
이불 빨래에 화장실까지 쓸고 닦았지만
그것도 잠시, 몇 주 뒤엔 같은 모습이 반복됐다.

나는 그 작은 방이 내 모습 같았다.
가끔 괜찮아졌다 싶다가도
어김없이 엉망으로 돌아오는 게
영락없는 내 꼴이었다.
이러고 사느니 차라리 가족이라도 있는
고향집에 내려가 사는 게 더 낫겠다 싶었다.

그래도 내려가지 않았다.
고향에 내려가는 것에도,
서울에 있는 것에도 확신이 없어서
늘 도망치듯 지냈다.
서울에서 회사라도 다니면 부모님 눈치 안 보고
내 몸 하나는 건사할 수 있으니까.
그렇게 결심도 계획도 없이 사는 대로 살다 보니 3년이 지나갔다.

가족과 회사 동료 이외에 아무도 만나지 않았다.
나 어떡하면 좋으냐고 누구에게라도 묻고 싶었지만
가족들에겐 힘들단 내색도 못했고,
취업을 하지 못한 친구들에겐 배부른 소리로,
취업한 친구들에겐 앓는 소리로 들릴 것 같았다.

그렇게 아무에게도 말을 못하다가
나를 잘 알지도 못하는 누군가에게 고민을 털어놓게 됐다.
그때 그 말을 들었다.

"귀찮님은 할 수 있어요."

정말 뻔한 말이고 그런 말에
퇴사 결심을 하게 됐다고 하면
누군가는 비웃을 수도 있겠지만
지금도 울컥할 만큼 정말 그 말이 전부였다.

"너 할 수 있겠어?"
"어쩌려고 그래, 요즘 같은 불경기에."
그런 염려만 듣다가
할 수 있단 한마디를 들으니
정말 할 수 있을 것 같단 생각이,
해내고 말 거란 욕심이,
해보고 싶다는 용기가 생겼다.

확신

회사를 다니지 않아도 되겠구나.
내가 하고 싶은 일은 쓰고 그리는 일이니까,
굳이 서울에 살지 않아도 되겠구나.

예전엔 고향에 내려가는 것에 대한 막연한 두려움이 있었는데
내 안에 확신이 생기니
오히려 유지비가 큰 서울살이를 빨리 청산하고 내려가
하고 싶은 일에 몰두하고 싶어졌다.
누군가 옆에서 이 불경기에 어쩌려고 회사를 그만뒀냐고,
그 일로 성공한 사람이 몇이나 되냐고
나를 불안하게 해도
괜찮다고 말할 수 있는 작은 단단함이 생긴 것 같았다.

오히려 그 사람에게
기다려달라고 말할 수 있을 만큼.

물론 여전히 나는 주변의 염려와 걱정에 흔들린다.
그래서 좀더 단단해지기 위해,
더 오래, 흔들리지 않기 위해,
지금 이 글을 쓰고 있다.

꾹.

이번 주말엔 청소를 할 계획이다.
쌓인 먼지도 털어내야지.
언제 빨았는지 기억도 안 나는
이불 빨래도 해버릴 거다.
냉장고에 쌓인 쓰레기도 버리고
맛있는 음식도 해먹을 생각이다.

5. 조언의 계절

퇴사를 결심하는 건 생각이 필요한 일이었지만,
퇴사를 말하는 건 엄청난 용기가 필요한 일이었다.

그런데 막상 저지르고 나니
무슨 짓을 한 거지 싶은 불안이 밀려왔다.
품고 있던 작은 희망은
다음 날이 되면 온데간데없이 사라졌다.
팀장님이 퇴사 날짜를 확인하러 올 때마다
불안감에 심장이 요동쳤다.
그렇게 시간이 흘러갔다.

광고주나 같이 일할 사람이라도
하나 구하고 퇴사하지, 요즘 같은 때
아무 생각 없이 퇴사하면 어쩌냐…

워, 넌 그래도 글도 쓰고 그림도 그리니까,
주변에 광고주 한번 찾아봐.
나 아는 분도 퇴사하면서
클라이언트 걸 구해서 돈 잘 벌더라고.

사실 난 내가 하고 싶은 거 하려고
회사 들어왔어. 프리 뛸 땐
하고 싶은 걸 더 못하게 되더라고.

그렇구나.
그럼 어떻게 해야 할까.
회사에 돌아가서 다시 다닌다고 말할까?
그럼 또 쳇바퀴 돌듯 후회하는 삶을 살 텐데.
조급함과 불안감이 머릿속을 휘저었다.
불안함은 걷잡을 수 없이 커져만 갔다.

그러나 다행히도 난 정말 운이 좋았다.
이 순간 뭐가 가장 중요한지
일깨워주는 사람들이 있었으니까.

그리고, 아무것도 하지 않아도 돼요.

귀찮님은 회사 관둬도 되잖아요.

저처럼 애 딸린 가장도 아니고

그만두면 다음 달이 막막해지는 것도 아니잖아요.

퇴직금 나오면 풍족하겐 아니지만

그래도 몇 달 잘 버틸 수 있잖아요?

당장 돈 벌어야겠다는 조급한 마음에

아무 일이나 받아서 할 거면

차라리 회사 다니는 게 낫죠.

근데 하고 싶은 거 하려고 그만두는 거 아니에요?

그럼 그냥 하고 싶은 일 먼저 해요.

진짜 쓰고 싶었던 글을 쓰고

그리고 싶었던 그림을 그려요.

아니, '글을 써야 한다' 이게 강박이 되면 그 생각도 버려요.

3개월 정돈 한 글자도 안 적어도 돼요.
대신 오롯이 하고 싶은 게 뭔지 잘 고민해봐요.
3개월 고민해서 3년 잘 사는 거예요.

하고 싶은 일을 하기 위해 그만두려는 건데,
조급함 때문에 섣부른 선택을 할 뻔했다는 걸 그제야 깨달았다.
동시에, 퇴사를 결심하길 참 잘했다고 생각했다.

어떻게 살아야 할지 이렇게 치열하게 고민해본 적이,
누군가에게 이렇게 간절하게 조언을 구했던 적이 있었던가.

회사라는 울타리 안에선 이런 절박한 고민을 해보지 못했을 것이다.
퇴사하겠다는 말을 뱉고 나서야
비로소 가장 박진감 넘치는 하루하루를 살고 있다.
여전히 불안하고 이따금 조급하지만
이젠 이 불안함이 감사하다.
이 불안함이 나를 계속 깨어 있게 하리라 믿는다.

6. 퇴사의 타이밍

"1월까지만 참아봐.
힘들어도 3년은 채우는 게 좋아.
안 그럼 나중에 후회할 거야.
1월에 퇴사하면 1년치 연차 수당도 받을 수 있잖아,
연말 정산도 회사에서 해주고.
기왕 하는 거 연봉 협상까지 하고 가.
혹시라도 재취업하면 최종 연봉이 중요하잖아.
당장 한두 달 더 다닌다고 큰일나는 것도 아닌데,
한 달 정도 더 다니면서 어떤 일 할지 깊게 고민해봐."

퇴사를 앞두고 수없이 들었던 말이다.
진심 어린 걱정과 애정이 가득한 말이었지만,
퇴사 날짜를 미루진 않았다.

퇴사를 고민하던 그때 진짜 손해라고 생각한 건
연봉 협상이나 연차 수당 같은 물질적인 것들이 아니라,
나의 '젊음' 혹은 나의 '에너지'였기 때문이다.

돈이 나의 에너지와 젊음을 갉아먹도록 내버려두고 싶지 않았다.

7. 퇴사하던 날

제발 5분만…

아침에 일어나는 일은 늘 고통스러운 일이었다.
평소 같으면 침대에서 최대한 버티다
마지막 알람 소리에 간신히 일어나 욕실로 갔을 텐데,
퇴사를 일주일 남겨놓고는
알람 없이도 눈이 번쩍 뜨이고
몸도 머리도 가볍게 느껴졌다.
퇴사를 앞두니 화장도 평소보다 신경 써서 하게 되고
니트 한 장도 고민하면서 고르게 됐다.

이럴 날도 이제 얼마 남지 않았구나.

마지막 날엔 오후 2시쯤 일어서야지 생각했다.
오전엔 동료들과 카페에서 커피도 한잔하고,
혹시나 빠트린 업무 처리가 없는지 확인하고.

컴퓨터를 백업하려고 보니 오전 11시였다.
바탕화면엔 완료까지 네 시간이 걸린다고 떴다.

왠지 다행이라는 생각이 들었다.
이곳에 다시 못 온다고 생각하니
자리에 좀더 앉아 있으면 좋겠다고 생각했다.

시간이 지날수록 마음 한쪽이 훅 늘어난 느낌이었다.
며칠 전까지 회사에서 울고 싸운 기억은 사라지고

점심 먹고 탕비실에서 커피를 내리며 고민 상담을 했던 일,
동료와 몰래 텀블러에 맥주를 따라 마시며 스트레스를 풀었던 일,
동료의 생일날 책상 밑에 숨어 있던 일 같은
즐거웠던 일상만 기억에 남았다.

그런 일상이 사라진다고 생각하니 슬퍼졌다.
아쉬워하는 동료의 눈과 마주쳤을 땐 매번 울컥했다.
눈물이 날 것 같을 때마다 화장실에서 딴생각하다 나오길 반복했는데
마지막 순간 창피하게 찔끔찔끔 눈물이 나버렸다.
보고 싶을 것 같은 마음, 미안한 마음, 감사한 마음이 모두 겹쳤다.

엘리베이터를 기다리며
붉어진 눈으로
사람들과 눈인사를 주고받고 포옹을 하며
회사원으로서 마지막 퇴근을 했다.
전철역에서 내려 집까지 터벅터벅 걸어가는 동안
많은 생각이 스쳤다.

여름날 머리도 못 말린 채 회사로 뛰어가던 나의 스물일곱이,
연봉 협상이란 걸 하고 아빠한테 자랑하며 전화하던 스물여덟이,
너덜너덜해진 마음을 추스려보겠다고
혼자 집 앞 가게에서 맥주를 마시던 몇 달 전의 나를 떠올리며

12월 14일, 마지막 퇴근길을 걸었다.

집에 도착해 가방을 내려놓고 바닥에 앉았다.
집에 가서 읽어보라던 팀장님의 편지를 펼쳤다.
참고 참았던 눈물이 터졌다.

"이 작가, 예전에 나랑 일했어. 친해."

"오 진짜요? 완전 팬인데 연재물 다 너무 좋더라고요."

언젠가 누군가와, 네가 올린 글들을 보면서

이런 대화를 나누는 날을 요즘 상상해.

이 상상이 분명 현실이 되어 있을 것 같다.

너의 용감한 저지름을 응원한다.

함께 일해서 영광이었고 즐거웠어.

나는 이런 사람들과 일을 했었구나.
이 사람들과 함께했다는 건 정말 행운이었구나.
동료들과 같이 고민하고 싸우고 울고 웃던
그때가 그리울 것 같았다.
내 의지로 무언가를 끝낼 수 있다는 건 정말 감사한 일이다.
이런 슬프고 고맙고 미안한 감정으로
지나간 일을 정리할 수 있다는 게 감사하다.

지난 3년이, 동료들과 함께한
27살부터 29살까지의 추억으로 남았다.
이제 나 혼자 길을 가야 한다는 게
조금 두렵고 긴장되지만 잘해보기로 했다.
미헌님이 말한 상상이 현실이 되었으면 좋겠다고 생각하며.

8:30 AM

9:50 AM

11 : 00 AM

12 : 00 PM

12 : 30 PM

2:00 PM

5:00 PM

7:00 PM

8 : 00 PM

8 : 30 PM

9:00 PM

10:00 PM

11:30 PM

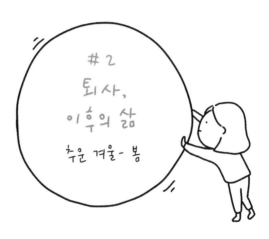

#2
퇴사,
이후의 삶
추운 겨울 - 봄

1. 작은 가능성

백수가 되면 생각보다 돈이 많이 든다.
삼시세끼 집에서 먹어도
장 보는 비용만
일주일에 2, 3만원씩 들어가고,
아무것도 안 하고 있으니 편한 옷도 사 입고 싶어지고,
사람 만날 시간도 많아지고,
만나면 차 마시고
밥 먹고 술 한잔하고.

퇴사 직후, 돈 많은 한량처럼 한 달을 보냈다.
한 달 월급의 절반가량을 술 마시는 데 쓰고,
편한 옷도 사고, 읽고 싶은 책도 샀다.

그렇지만 통장 잔고는 확인하지 않았다.
불안해질 것 같았기 때문이다.

사실, 돈 쓰는 건 회사원일 때도 불안했다.
그래도 그 돈은 다음 달의 내가 채워줄 돈이었다.
백수는 지금 쓴 돈을 채워줄 다음 달의 내가 없다.
가진 돈이 줄어들 일만 있으니
지키고 싶다는 생각이 먼저 들었다.

사람들은 돈을 좇지 말라고 경고했다.
돈돈 하다 보면 계속 돈돈 할 수밖에 없는 일만 하게 된다고,
불안해도 뭘 하고 살지 고민하는 시간을 충분히 가지라고 했다.
그러나 불안함은 이성을 마비시킬 정도로 커져버려서
종종 숨이 잘 쉬어지지 않았다.

전부터 포스트를 통해 종종 광고 문의가 들어왔었다.
단순 제품 리뷰였고 '귀찮'과 어울리는 게 아니어서 거절해왔다.
근데 회사를 그만두고 나니 너무 불안해서
아무 일이나 받고 싶어질 지경이 됐다.

마침 그 타이밍에 단순 광고가 아닌
귀찮의 캐릭터를 살린 장편의 브랜드 웹툰 외주가 들어왔다.
열심히 첫 화를 그렸고 담당자도 마음에 들어하는 것 같았다.

하지만 외주는 없던 일이 됐다.
업체 사정으로 인해 일 자체가 날아가버린 것이다.

근데 아이러니하게도 그 일이
내가 불안으로부터 벗어날 수 있는 계기가 됐다.
예전엔 새로 나온 마스크팩을
개인 채널에 올려달란 광고 문의만 들어왔다면,
이제는 '귀찮'이라는 캐릭터를 살린 일이 가능해지고 있었기 때문이다.
프로젝트 자체는 사라졌지만
'나'라서 할 수 있는 일이 돈이 될 수 있다는 걸 확인하고 나니
비로소 극도의 불안에서 벗어날 수 있었다.

퇴사일기를 쓰면서
동네방네 소문을 내고 다녀서일까?

2. 책을 쓴다는 것

나는
퇴사일기를 쓰면서도 요리 그림을 그리고,
그러다가도 여행기를 쓴다.

요리 그림을 그린 지 얼마 안 됐을 때
한 출판사에서 출간 제의가 왔었다.
요리를 잘하진 않지만, '그냥 관심사 하나 책으로 내는 건데 뭐'
생각하며 선뜻 하겠다고 나섰다.
마트에서 재료를 사다가 카메라로 사진을 찍고
그림을 그리고 레시피를 공부했다.
사진 공부도 따로 하고, 매일 요리책들을 연구하며 지냈다.

그리고 퇴사일기를 5회 정도 연재하고 나니
여러 출판사에서 다시 출간 제안이 들어왔다.
이미 요리 그림책을 준비하는 것만으로도 버거운데
다른 책을 고민하는 건 너무 힘든 일이었다.
그래서 출판사 미팅을 할 때마다
요리책만으로도 너무 힘든데 굳이 퇴사일기까지
책으로 내야 할 이유를 묻고 다녔다.
매번 돌아온 대답은 퇴사일기를 책으로 내면 더 잘 팔릴 거라는 것.
내게는 그 말이 또 다른 요리책을
해보자는 말과 다르지 않았다.

퇴사일기를 책으로 내면
더 잘될 거예요.

그러다 지금 이 책의 편집자를 만났다.
그녀의 말 중 기억에 남는 첫 말은
"여기엔 귀찮이 없네요."
(사실 이렇게 과격하게 말하지 않았지만, 내 충격은 그 정도였다.)

이유는 귀찮의 이야기가 아니라
그저 요리책이기 때문이라고 했다.
요리를 어떻게 만드는지는 세상에 너무 많은데,
물 세 컵에 다시마 세 장, 된장 한 스푼, 이런 이야기는
다른 사람이 똑같이 할 수 있는데,
'귀찮'만이 할 수 있는 이야기를 하지 않고
더 상세한 레시피 같은 것에 집착하고 있다는 거였다.

'귀찮'은 요리 전문가가 아니라
나의 이야기로 사람과 공감하는 일을 하는 사람인데
요리만 보고 있었다는 걸,
그제야 깨달았다.

언뜻 보면 누구나 해줄 수 있는 말이기도 하다.
그러나 그녀가 그 말을 해주기 전까지
나는 내가 '귀찮'이란 캐릭터를 없애버린 채
요리 그림책을 만들고 있었다는 걸
전혀 인지하지 못하고 있었다.

그때 깨닫지 못했다면
요리책 코너에 있는 내 책을 본 뒤에야
알게 됐겠지. 책의 의미를.

책이란 것에 대해 진지하게 생각하기도 전에 출간 제의를 받은 것은,
처음엔 운이 좋다고 생각했지만
알고 보니 불운이었던 것이다.

책을 쓰는 일 = 나와 마주하는 일

지금 나에겐, 책을 쓰는 일이
하고 있는 모든 일의 가장 상위에 있는 일이 되었다.
책이 아니더라도, 지금 내가 하는 일이 어떤 일인지,
스스로 어떤 일을 해야 하는지 하지 말아야 하는지,
전보다 훨씬 뚜렷해진 시각으로 판단할 수 있게 되었다.
그렇게 내 방황이 일단락됐다.

3. 내기와 기적

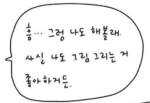

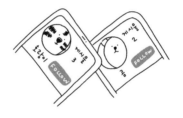

기적이라고 하면 웃기지만
친구와의 대화는 기적 같은 일의 서막이었다.

사실 이 내기를 한 진짜 이유는
백수의 죄책감을 덜기 위해서였다.
새로운 플랫폼에서도 내 글과 그림이 통하는지,
꾸준히 하면 진짜 뭐라도 될 수 있는지 테스트해보기 위해서라는
조금 그럴싸한 이유도 있었겠지만
그런 이유가 1할이라면 나머지 9할은 분명
백수였기 때문일 것이다.
일단 쓰고 그리면 죄책감이 덜어졌으니까.

'서른이 되어서 좋은 점은'이라는 제목의 만화를 올렸을 때였다.
그때까지 나는 제법 정제된,
남들 눈에 그럴듯해 보이는 글을 쓰려 노력했다.
그런데 그 만화를 그릴 때는 그렇지 않았다.
이렇게 찌질해도 되나 싶을 정도로
내 속마음을 적나라하게 드러낸 만화였다.
그런데 신기하게도, 나의 그 솔직함과 적나라함을 좋아해주는
사람들이 생겨났다.

잘 들어주는 사람이 있으면 수다쟁이가 되듯,
봐주는 사람이 있으니 더 신나게 쓰고 그랬다.
그래서 같이 시작한 친구가 손을 다쳐 그만뒀을 때에도
나는 매일 쓰고 그랬고
그렇게 2월 9일에 900명이었던 팔로워는
3월 25일, 10,000명을 넘어섰다.
정확히 45일 만이었다.

물론 그런 시간은 얼마 가지 않았고
20,000이 넘자 팔로워의 증가폭은 서서히 줄어들었다.
그러나, 그럼에도 불구하고
이 이야기를 기적이라고 하는 이유는
그래도 그 시간들이
한없이 흔들리기만 했던 나 자신에 대한 믿음을
다질 수 있는 계기가 되어주었기 때문이다.

4. 도움
━━━━━━

모든 게 불안하고 막막했던
1월의 어느 날,
내가 물었다.

"그냥, 너 잘하잖아."

"아니, 나 잘 못해.
그리고 잘한다고 생각했다면
이전에도 연락할 수 있었잖아.
왜 이제 와서?"

"아, 난 네가 그림 그리고
글 쓰는 거 최근에 알았어.
보니까 괜찮더라고.
그래서 담당자한테 너란 존재에 대해서 알려준 거뿐이야."

"그게 다야?"

"응. 그게 다야.
아, 아니다.
그리고 네가 잘됐으면 좋겠다."

"왜?"

"그냥, 내가 도와줘서 누군가 잘되면 기분 좋잖아."

"……"

"그렇게 마음 무겁게 생각하지 마.
네가 보기엔 내가 엄청 큰 도움을 준 것 같지만
내 자리에서 너를 담당자에게 소개시켜준 건
그렇게 큰일이 아냐.
그냥 할 수 있는 일 중 하나일 뿐.
소개해준 이후론 담당자의 몫이지.
담당자도 네 글이 괜찮다고 생각해야 되는 건데
운 좋게 그 담당자도 네 그림이나 스토리가 괜찮댔어."

내 자리에선 어려운 일이 아닌데
누가 보기엔 되게 어려운 일들이 있어.
그거 한다고 내가 이득 보는 건 아니지만
내가 손해 보는 것도 아니고,
이렇게 기분이 좋은데
왜 내 주변 사람들을
도와주지 못했을까?
그런 생각이 들더라고.

나도 이 일을 그만두기로 생각하니까
그 생각이 나더라고.
도와줄 수 있는 시간이
얼마 없단 걸 깨닫고 나니까.
그래서 도와주는 거야.
도와줄 수 있으니까 도와주는 거야.

'사람은 자신에게 이익이 되는 일이 아니면
쉽게 다른 사람을 도와주지 않아, 세상에 공짜란 없이.'
나는 줄곧 그렇게 생각해왔다.

누군가 만나자고 하거나 나에게 어떤 일을 해보라고 할 땐
그 사람이 나에게 뭔가 얻고 싶은 게 있을 거라고 생각했다.
그게 4년 가까이 사회생활을 하면서 느낀 것이었다.
당연히 퇴사 후에도 주변 사람의 도움 같은 건 기대한 적이 없었다.
그런데 혼자만의 싸움 같아서 모든 게 막막했던 순간,
세상에 공짜란 없다고 생각했던 나를
아무 대가 없이 도와주고 믿어준 사람들이 있었다.

티비를 보다가도 밥을 먹다가도
종종 나를 도와주는 사람들 생각이 난다.
아마 두고두고 생각나겠지.

과연 나는 누군가에게 바라는 것 없이
도움을 베풀 수 있는 사람이 될 수 있을까?

5. 명함의 두께

명함을 만들었다.

퇴사 다음 날

근데 왠지 진짜 명함 인쇄를 하자니
어딘가 찔렸다.

고심 끝에 A4 용지 인쇄를 선택!

:
명함 줄 때마다
말이 많아졌다.

퇴사 후 만든 A4 용지 명함은
얇아도 마음에 들었다.
회사원 시절의 명함은
아무리 발버둥쳐도
벗어나지 못할 것 같은
두께와 무거움이었다면
A4의 얇기와 가벼움은 당시 내 처지와 딱 들어맞고
받는 사람에게 소소한 웃음도 줄 수 있을 것 같았다.

12월에 만들어진 한정판 A4 용지 명함은
4월 즈음 모두 소진되었다.
5월 초, 이만하면 나의 인생도 아주 조금은 두꺼워진 것 같아
디자인을 살짝 바꾸고
무광 화이트 스노지 중 제일 얇은 걸로 주문했다.

오백 장에 만오천 원,
제법 빳빳해진 종이 위에 적힌 '귀찮'.
이것도 내 처지와 닮은 것 같아 마음에 들었다.

사실 처음엔 그냥 A4 용지로 뽑을까 생각했지만
이제는 마냥 A4 용지 명함을 건넬 수는 없는 상황이었다.
위트 있는 척만 하기엔
일에 대한 마음가짐이 제법 진지해진 나였다.
물론 인생이 얇아지면 언제든 A4 용지로 돌아가야 한다.

사진이라도 찍어둘걸 그랬다.
이젠 나에게도 남지 않아
진짜 한정판이 되어버린 A4 명함
가지고 계신 분?

> 30장 한정 귀찮쓰 A4 용지 명함!

안녕하세요 ____ 님
부끄럽지만
제가 귀찮입니다.

6. 새로운 시작

동생과 나와 엄마

그리는 일을 하고 있지만, 정식으로 미술을 배워본 적은 없다.
어렸을 때 미술과 관련돼서 한 것이라곤
엄마가 인테리어 공사 현장에서 쓰고 남은 벽지를 가져다주면
동네 친구인 순영이와 엎드려 누워
벽지 뒷면에 인형놀이 재료를 그리던 게 전부다.

당시엔 〈파티〉나 〈밍크〉 같은
두꺼운 만화잡지가 유행이었는데
순영이는 그 만화잡지에 실려도 손색없을 정도로
그림을 잘 그리는 친구였다.

그런 친구와 나란히 한 벽지 위에 종이인형을 그리는 건
마치 오래전부터 대결해보고 싶었던 대가와 실력을 겨루는 느낌이었다.
돌이켜보면 그때 그 인형놀이 그리기 경쟁이 즐거웠던 것 같다.
기죽지 않고 줄곧 순영이 옆에서 종이인형을 그렸으니까.

그러나 난 그림에 타고난 아이는 아니었다.
외려 타고난 사람이 있다면 동생이다.

내가 아는 한 동생에겐 그림과 관련한
어떤 지속적인 학습이나 반복이 거의 없었다.
그러나 동그라미와 점선 몇 개로 이루어진 캐릭터 하나를 그릴 때도
그렸다 지우기를 수없이 반복하는 나에 비해
동생은 몇 분 사이에 슥삭 무언가를 그려냈다.
가구설계 일을 하면서도 동생의 감각이 십분 활용됐지만,
나는 줄곧 그 재능이 아까웠다.
재능을 빛낼 수 있는 시기를 놓쳐버리고 있는 것만 같았다.

이런 생각이 짙어질 즈음,
문경에서도 아주 외진 산북면에 자리한
시골집을 보고 온 엄마에게서 연락이 왔다.

최적의 타이밍이라고 생각했다.
막연히 새로운 프로젝트가 필요하다고 생각하던 차였다.
글을 쓰고 그림을 그리고 있었지만
가능하면 있는 힘껏
가진 걸 모두 쏟아부을 프로젝트를 하고 싶었다.
30년 가까이 인테리어를 해온 엄마에게도
새로운 것에 도전해보고 싶다는 열망이 있었다.

"같이 해볼까?"

가족끼리도 어떤 프로젝트를 두고
뭔가가 꿈틀대는 것 같은 기대와 설렘을 느낄 수 있다니 신기했다.

회사에서 프로젝트를 할 때, 같이하는 동료들이
그리스 신화에 나오는 신전의 기둥처럼 느껴질 때가 있었다.
기둥 하나하나가 제 역할을 멋지게 해내고 있으면
그 멋진 프로젝트에 내가 속해 있다는 사실만으로도 짜릿했다.
이번 프로젝트가 그럴 것 같았다.
동생과 나, 그리고 엄마.
각자 가진 재능을 무기처럼 사용하는 거다.
생각만 해도 가슴이 떨렸다.

"그래, 해보자."

그날의 작당 모의 후
나는 서울 생활을 청산하기로 결심했다.
오랫동안 고민하던 일에
마침표를 찍어야 할 순간이 다가오고 있었다.
그리고 엄마와 두 딸의 문경 작업실 프로젝트가 시작됐다.

이름을 짓다

2019년 1월 29일
동생이 회의를 소집했다.

"페스츄리 어때?
사실 이건 삼촌이 언젠가 영화를 만든다면
영화 제목으로 꼭 쓰고 싶다고 한 건데 말이야,
페스츄리는 여러 겹의 얇은 빵으로 이루어져 있잖아.
멋지지 않아?
엄마와 나, 언니의 작업물이
여러 겹의 얇은 빵처럼
한곳에 모였다는 점에서."

"오 좋은데?
근데 뭔가 영어는 별로야.
한글이었으면 좋겠어."

오… 그리고 (Draw)
다른 것도 다 (All)
한다는 뜻인가 ??

응, 그것도 되지만
해석하기에 따라 달라.

모든 걸 그린다는 뜻이 될 수도 있고,

draw all
and all } `그리고다´
and end

다양하게 해석할 수 있지.

사실 어떤 의미로 해석되든지 상관없어.

그건 해석하는 사람의 몫이니까.

가장 중요한 건 이거야.

그리고, (_____) 다.

`그리고, (나는 여기서 그림을 그렸)다.´
처럼 잠시 여기에 머무는 사람에게도
이 공백을 넘어주는 거야.

멋지지 않아?

그리고, (1월 29일은 그리고다의 역사적인 시작일이 되었)다.

7. 예상치 못한 것들

작업실을 만들기로 결심하고
이름을 지을 때까진 모든 게 좋았다.
그런데 그 이후에 암담한 일들이 연이어 터졌다.

습기와의 싸움

내가 서울에 있는 동안 엄마와 동생은
현장에 자주 방문해 작업실을 구상했다.
북향 때문에 가뜩이나 심란한 나에겐 말을 하지 않아
나중에 알게 됐지만
겨우내 집 벽에 습기가 너무 많이 올라와
벽에서 물이 뚝뚝 떨어졌다고…

1급 발암물질

가장 예상치 못한 것 중 하나가 지붕이었다.
겉으로 쌓인 골강판 지붕을 들어내고 나니
1급 발암물질인 석면이 나온 것.
지붕을 철거하고 새로 올려야 한다는 뜻이었다.
석면은 아무나 함부로 철거할 수 없고
철거를 하려면 반드시 허가된 업체를 통해 진행해야 하는데
문제는 철거 비용만 근 500만원.
이 비용을 줄이고 싶다면 면사무소에 신청해서
국가 지원을 받아야 하는데,
그것 또한 선착순인 데다 3월에 접수를 받았다.
우리가 공사를 시작하고 싶었던 건 2월인데.
결국 전체 공사 일정이 한 달 정도 미뤄지게 됐다.

배관 동파

겨우내 사람이 살지 않았던 작업실은
엄청난 한파를 고스란히 맞았고
봄이 오니 동파된 배관 곳곳에서 물이 샜다.
배관 공사를 새로 해야 하는 지경에 이른 거다.

결국 지붕도, 벽도, 바닥도
모두 고쳐야 했다.

8. 잘 있어, 서울

2주 뒤면,
8년 동안 살았던
서울을 떠난다.

나는 서울이 싫었다.

터벅터벅

서울은 내게 겉만 화려할 뿐,
속은 썩어 문드러져가는 도시였다.

괜찮은 척 지내면서도
혼자 먹을 밥 한번 차리자니
남는 음식물 처리가 귀찮아서 시켜 먹거나
편의점 샌드위치로 끼니를 때우는
인스턴트 도시였다.

누군가 만나기도 귀찮고
늘 불안과 우울과 피곤을
달고 사는 곳이었다.

근데 막상 떠나려고 하니
이 정 없는 도시와 정이 들어버렸다.

보고 싶은 사람은
언제라도 볼 수 있고

← 장승배기 신대방삼거리 보라매

밤늦은 시간에

이자카야에서

술잔을 기울일 수도 있었으며

주말엔 한강에서

하늘을 보며 누울 수도 있었는데.

떠남을 정한 후에야 비로소

이 사소하지만 특별한 것들이 눈에 들어왔다.

지금 생각해보면 그렇게 어려운 일도 아니었는데.

여행지가 소중한 이유는
그곳에 머무르는 시간이
한정적이기 때문이라는 생각이
더 강렬하게 든다.
여행하듯 서울에서 지냈으면
더 좋았을 텐데.

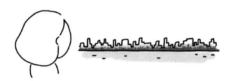

그렇다고 지난 삶을 후회하진 않는다.

그 시간들도 살아가는 거였으니까.

힘들어서 같이 울고

진심도 아니면서 아픈 말만 골라하며 싸우고,

오해로 사랑을 미워하고, 상처받고.

그래도 웃으면서 만나고,

다시 회복하고.

이런 기억들도 삶의 큰 조각이니까.

여기서 그렇게 치열하게 살아봤으면 된 거다.

늘 행복했으면 좋겠지만
불행도 우울도 피곤도 있는 그게
부정할 수 없는 진짜 삶이라고 생각한다.

서울 생활을 정리하고
고향에 내려가서 살아도 마찬가지일 거다.
꿈꾸던 시골 생활의 정취와 여유로움과 편안함보다

가족들과 지지고 볶고 싸우고
답답함에 혼자 울고 하는 날들이

더 많을지도 모른다.

사실, 다 그렇게 사는걸 뭐.

대신, 이번엔 좀더 잘 누려봐야지.
마음속으로 굳게 다짐해본다.

그곳에서의 평범한 것들을
모른 채 지나가진 말자고.
항상 기쁠 순 없겠지만
가끔은,
여행하듯 소중히 지내자고.

그래도 좋은 건
이제 서울로 놀러 올 수 있다는 거다.

잘 있어 서울,
또 올게.

8 : 00 AM

10 : 30 AM

12 : 00 PM

1 : 30 PM

3 : 00 PM

4 : 00 PM

5 : 00 PM

6:00 PM

11:00 PM

1:00 AM

1:20 AM

2:00 AM

#3
잡아야 할 것
놓아야 할 것

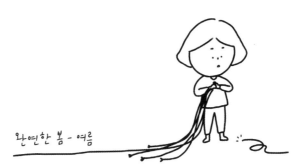

완연한 봄 - 여름

1. 위로

"윤수, 문경 내려오니 좋지?"
한참 타일을 붙이고 계시던 유홍림 사장님이 말했다.

"좋기도 하고 안 좋기도 하고
다 일장일단이 있는 거 같아요."

"잘했어, 잘 내려왔어.
네가 아직 젊고 어려서 그런데 말야,
나이가 들수록 더 시골이 좋아져.
아저씨가 원래 대구에 있었거든?
대구에서 일하다가 구미로 김천으로,
그러다 여기까지 온 거야."

"점점 더 시골로 오셨네요?"

"잠깐 살다가 다시 도시에 가려고 했는데
도시에 나가면 도로만 가도 빽빽한 거야.
차도 많지, 건물도 많지, 사람도 많지. 정신없지 뭐."

"근데 시골에서 일 끝나고 말야,
현장에서 집이 멀어서 해가 지고 달이 저기 떠 있는데
트럭을 끌고 차 하나 안 다니는 길을 지나간단 말이지.
근데 어디선가 부엉새가 울어,
그럼 어떻게 되는지 알아?"

"어떻게 되는데요?"

"오도 가도 못해, 꼼짝도 못하는 거지.
옴짝달싹 못하고 부엉새 우는 소리만 듣고 있는 거야.
가만히 서서 부엉새 소리만 듣고 있는 거지.
그런데 어떻게 떠나난 말이야."

2. 불안의 종류

좀 창피한 이야기인데,
특히 두 사람에게 창피한 이야기다.
한 명은 지금 이 책의 편집자이고
다른 한 명은 학교 선배이자 친구인 고든이다.

3월이었던가,
둘은 비슷한 시기에 같은 질문을 했다.

요즘 불안하다거나
그런 거 없어요??

네. 더 이상
불안하지 않아요.

확신에 차서 대답했다.
실제로도 더 이상 불안하지 않다고 생각했다.

퇴사 후 두 달쯤 지났을까.
그즈음 나는 3, 4개월짜리 장기 계약을 연이어 진행했다.
고정 수입이 생긴 거다.
회사 다닐 때 받던 월급보다야 적었지만,
액수는 중요하지 않았다.

적게 받더라도 하고 싶은 일로 돈을 번다는 건,
회사 없이도 살아갈 수 있다는 의미니까.
회사를 다니면서도 미래가 불안하던 때와 비교하면
불안할 게 없다고 생각했던 것이다.

그런데 더 이상 불안하지 않다고 말한 뒤 두 달쯤 지났을 때
그렇게 대답한 내가 조금 창피해졌다.
영영 불안과 이별한 줄 알았는데 다시금 불안과 마주했기 때문이다.

4월 말, 방송에 출연할 기회가 생겼었다.
퇴사 후 프리랜서 일을 하면서 친분을 쌓게 된 은지님이
대학생 대상 케이블 방송에 출연했다가
나를 다음 연사로 추천해주신 것.
처음엔 내 일을 정확히 찾은 것도 아닌데
그런 자리에 서도 될까 싶었지만
살아온 이야기를 해주면 된다는 작가의 말에 용기를 냈다.

6월에 방송이 나가고,
주변 사람들로부터, 독자들로부터 연락이 왔다.
처음엔 뿌듯하고 즐거웠다.
그러나 나는 마음이 무거웠다.

텔레비전 속 나와 달리
현실의 난 내리막이었기 때문이다.
방송을 찍은 4월 이후 내겐 새로운 일거리가 없었다.

나는 이대로 시간이 흘러흘러
'반짝했다가 사라진 사람'이 돼 있을 것 같은 불안에 흔들렸다.
이대로 영영 아무 일도 일어나지 않을까 봐,
이대로 모두에게 잊힐까 봐 두려웠다.

이대로 영영
아무 일도 안 일어나면
어떡하지…?

저 그때 불안하지 않다고 했는데,
사실 다시 불안해졌어요.
지금은 잊힐까 봐 불안해요.

그렇군요. 불안은 없애기가 힘들죠.
어떤 불안이 지나가도,
다른 종류의 불안이 찾아오니까.

그렇게 다시금 불안이 찾아왔다.
영영 떠나지 않을 거란 사실도 인정할 수밖에 없었다.

3. 확인 도장

.

지금 쓰고 있는 이 책을 계약할 때
원고의 마감일을 정해두었다.
마감일을 잡아두어야 쓸 수 있을 거라고 생각했다.
편집자에게 마감한 원고를 메일로 보내고 나면
며칠 뒤 밥 한 끼를 같이 먹곤 했는데,
그때마다 난 늘 비슷한 질문을 했다.

"괜찮나요?"
"어때요?"
"저 잘했나요?"

처음 그 질문을 했을 때 그녀는
좋은지 안 좋은지 가늠할 수 없는 대답을 했다.

"이건 뒤로 빼는 게 좋겠고."
"이 내용은 나중에 살을 더 붙여도 좋겠어요."

'그래서 좋단 거야, 안 좋단 거야?'
답답한 마음에 급기야 극단적인 질문을 하기에 이르렀다.

"원고를 받으셨을 때 어땠어요?
이렇게 엉망진창인 친구랑 작업할 생각을 하니
눈앞이 캄캄해서 포기하고 싶어졌다면
그렇게 하셔도 전 괜찮아요."

그러자 그녀가 말했다.

"그 정도 각오도 없이 시작한 일이 아닌걸요?"

그날 집에 가는 고속버스 안에서
"나 잘했나요 못했나요?" 같은 것이
의미 없는 질문이었다는 걸 문득 깨달았다.

밤을 새워 한 과제를 사람들 앞에서 발표하고,
프로젝트를 기획하고 검토받고 결재받는
시스템에 길들여져 있던 나는,
나의 이야기를 한 권의 책에
담아낸다는 게 어떤 일인지 몰랐던 거다.

네 번의 마감을 통해 느낀 건
책은 내 이야기를 담는 거고
다른 사람이 이래라저래라 해서
그 책이 바뀔 거면
그건 내 책이 아니란 사실이다.

참 당연한 건데도
난 여전히 학교나 회사처럼
확인 도장을 받아야 한다고 생각해왔었나 보다.

사람들이 으레 그래야 한다고 말하는 것들이,
바깥에서 얻은 확신이 '나의 답'이 될 순 없다.

스스로 떳떳할 수 있는 답이 내 인생의 정답일 것이다.
답은 늘 내 안에 있다.

물론 아직도 바보 같은 질문을
완전히 끝낸 건 아니다.

언제쯤 울지 않을 날이 올까.

4. 보이지 않는 일

1월부터 시작한 작업실 공사는
겉모습만 보기엔 6월이 넘어서도
달라진 게 거의 없었다.
작업실이 빨리 완공되길 바라는 옆집 할머니는
무슨 공사를 이렇게 오래 하느냐고 했지만
생각해보면 더디게 할 수밖에 없는 중요한 일이었다.

배관 공사 - 식수, 오수 배관 정리
바닥 파이프 - 보일러 선
벽 단열재 추가 - 겨울에 따뜻하게
철거 및 조적 - 필요 없는 벽 허물고 적절한 위치에 벽 만들기

이런 일은 도배나 페인트칠, 장판 깔기보다는
티가 안 나는 일이지만 훨씬 오래 걸렸다.

엄마는 이런 일을 잘해둬야,
나중에 벽지를 바르고 페인트칠을 하는 일이
헛수고로 돌아가지 않는다고 했다.
아무리 예쁜 벽지와 페인트로 마감을 해도
결로나 외풍이 있으면 아무 소용 없으니까.
아무리 좋은 변기를 갖다 놔도 배관 공사가 엉망이어서
오수가 역류한다면 아무 소용 없으니까.

생각해보니 내 일도 마찬가지였다.
어쩌면 보이는 일보다 보이지 않는 일이 더 중요했다.

물 들어올때 노 젓는 것도 중요하지만
노 젓는 연습을 충분히 하는 것도 중요해.

나 또한 당장 결과물이 되지 않더라도
글을 쓰고 그림을 그린 시간들이 있었기에
지금 이렇게 내 글을 쓰고 내 그림을 그리며 살 수 있게 된 것 아닐까?
아무것도 아닌 것 같던 백수, 취준생, 회사원으로서의 경험도
이제야 좋은 재료가 되어 내게 돌아온 거겠지.
그러니 내 일이 더 단단해지길 바란다면
지금, 보이지 않는 일에 열심히 몰두해야겠다고 생각했다.

누가 알아봐주지 않아도,
남들보다 조금 느려도.

5. 경계

시골에 내려오면서
반드시 지키자고 다짐했던
한 가지는 내 일의 경계였다.

오후 늦게서야 일한답시고
느지막이 컴퓨터를 켜는 모습을
부지런한 가족들은 이해하기 힘들게
뻔했기 때문이다.

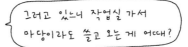

그러고 있느니 작업실 가서
마당이라도 쓸고 오는 게 어때?

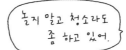

놀지 말고 청소라도
좀 하고 있어.

'이것도 일하는 건데…'

결국 신경질적으로 변해버렸다.

나 노는 거 아니라고!
나 글 쓸 거니까
아무도 들어오지 마!

몇 날 며칠을 방구석에 처박혀
억지로 글을 짜냈다
당연히 잘 써질 리가 없었다.

그렇게 계속 쓰는 둥 마는 둥 하다가
엄마가 남미여행을 가서
하는 수 없이 작업실 현장에
매일 가게 됐다.

글 써야 하는데
글도 못 쓰고

짜증나.

도시락과 얼음물을 사다 나르고
내 손으로 풀을 개고
타일을 자르고 붙이고,
하루 종일 현장을 바라보다
해가 질 무렵 수북이 쌓인 먼지를
털어내고 쓸었다.

집으로 돌아와
먼지에 뻑뻑해진 머리를 감고
찐득찐득한 몸을 씻어내도
코딱지는 새까맸다.

그리고,

그 시간이 조금씩 흐른 뒤에야 알게 됐다.

그때 내가 그곳에

푹 빠져 있지 않았다면,

난 지금 이 글을 쓸 수 없으리란 걸.

내 영역은 어떤 것에 푹 빠져서 기록하는 일이었는데,
알고 보니 난 '그리고다' 앞에 서서
발가락 끝으로 온도 체크만 하고 있었다.
푹 빠지지 않고 기록하려니
당연히, 아무것도 쓸 수 없었다.

내 경계를 지키기 위해선 먼저 경계를 무너뜨려봐야 했다.
경계 밖으로 나가 나를 담가야 했다.
담금질이 없이 단단해지겠다는 건
엄청난 오산이었다.

때론 그 유혹이 '기회'라는 탈을
쓰고 오기도 하거든.
좋은 갑투로 오기도 하고.

같이 해보지 않겠나?

저 말씀이십니까?

그럴 때마다 그 유혹을 뿌리치고
버틸 수 있던 이유는,
내가 소중하다고 생각하는 것을,
그거 하나만큼은
지켜내고 싶었기 때문이야.

감사하지만
사양하겠습니다.

삼촌의 경우는 그게 '가족'이었어.
부족하긴 해도, 세상 그 어떤 누가 와도
부럽지 않을 가정을 꾸리고
지금까지 지켜왔지.

윤수 너도 네가 지키고 싶은 것,
그게 가족이든 네 일이든 어떤 거든,
그걸 오래도록 잘 지키고 싶다면
때론 포기해야 하는 일도 생길 거야.
아니, 포기해야 하는 게 더 많아질 수도 있어.
소중하게 생각하는 일을 우직하게 하려면,
중간중간 들어오는 유혹에 빠져선 안 되거든.

어쩌면 그게
오는 기회를 잡는 것보다
더 어려운 일일지도 몰라.
그래도 시간이 흐르고
내가 그 고생해서 지키려 했던 게
잘 자라서 커져있으면
그게 정말 행복한 일일 거야.

7. 만능꾼

공사 현장에서 일하는 분들의 하루를 관찰하다 보면
쉽게 발견할 수 있는 공통점이 하나 있는데,
그분들이 다방면에 해박하다는 거다.

타일공, 미장공, 설비공, 배관공.
각자의 영역이 분명하고
남이 자신의 영역에 끼어드는 것도,
자신이 남의 영역에 끼어들기도 싫어하지만,
사실 그들은 각기 다른 영역에서 일하는 사람들이
어떤 일을 어떻게 하는지 모두 꿰고 있다.

정말 모르시는 게 없구나···

이따금 전기 사장님이 없을 땐
타일 사장님이 전기 배선을 미리 계산해둔다.
미장 사장님이 몸이 안 좋을 땐
설비 사장님이 미장을 한다.

갑자기 물이 안 나올 때,
내가 할 수 있는 일은 전문가를 기다리는 것밖에 없지만,
그분들은 수도관을 열어 문제점을 찾을 수 있다.
그래서 그분들을 '만능꾼'이라 부르기로 했다.

현장에서 하루 종일 만능꾼이 하는 일을 지켜보고 있노라면
내가 그간 갖고 있던 고정관념이
하나둘 깨져나가는 걸 느낄 수 있었다.

미장공은 어떤 농도와 묽기를 깐깐하게 정해두고,
그림을 그리기 전 차분하게 물감을 섞는 화가처럼
적당한 농도로 섞인 시멘트 덩이를 파레트에 얹어
넓은 벽에 조심스럽게 펼쳐나갔다.

타일공은 한 장의 타일을 놓더라도
수직 수평을 맞추고 다른 것들과의 균형을 보면서
떼었다 붙였다를 반복했다.
그러고도 부족해 수평자를 놓고
눈금의 기울기를 다시금 확인했다.

용접공은 옥상 펜스를 만들기 전
동생을 불러 다릿발을 몇 개 세울지에 대해
맨바닥에 곱돌로 시안을 그려가며 논의했다.

그들이 하는 작업은
그 어떤 작품 못지않게 세밀한 작업이었으며,
그들은 자신에게 주어진 도화지를
차분하고 섬세하게 채워갔다.

한때라도 그들의 일을 폄하했던 게 부끄러워서 말했다.

"사장님이 하는 건 예술작품이네요."
"이런 거 예술가들이 하는 일이잖아요."
"멋있어요."

예상치 못한 대답이 돌아왔다.

"딴사람 작품에 누가 되면 안 되잖아."

8. 꿈

내 주변엔 나와 비슷한 시기에 퇴사해
아직 취업을 하지 않은 친구들이 몇몇 있다.
그 친구들이 다시 회사에 들어가지 않아서 좋은 점이 있는데
바로 꿈꾸는 일을 함께할 친구가 있다는 거다.
가령 며칠 전엔 이런 대화를 나눴다.

그 전엔 이런 이야기도…

그렇게 쓸데없는 이야기를
구체적으로 하고 있노라면
어느 순간, 친구의 눈에서 빛이 난다.

그때의 나도 분명
어떤 기대와 설렘에
눈이 반짝거렸겠지.

물론 말일 뿐,
현실적으로 쉽지는 않다.

그래도 좋다.
전에는 이런 몽상조차
불가능한 상황이었으니까.

친구와 말도 안 되는 일을
진짜 일어날 것처럼 떠들고 나니
문득 '이런 것도 꿈꾸는 날이 오는구나' 하는 생각이 들었다.
회사를 다녔으면 꿈꾸는 일 앞에 연차를 먼저 떠올렸을 내가
꿈꾸던 일을 입 밖으로 내뱉고,
친구와 공유하고, 책에도 적어두었다.

돈이 되지 않아도, 당장 실현 가능하지 않더라도,
좋아하는 사람들과 함께 어떤 꿍꿍이를
상상할 수 있다는 게 설레고 즐겁다.

생각해보면 '그리고다' 프로젝트도 그랬다.
작업실이란 공간을 꿈꾸다가 결국 현실에서 만들어냈다.
말도 안 되는 것 같은 친구와의 꿈도
결국 이루게 되지 않을까?

서른,
다시 꿈을 꾸고 있다.

8 : 00 AM

아으악, 누나 깨워.

9 : 00 AM

10 : 00 AM

11:30 AM

1:00 PM

5:00 PM

7:30 PM

9 : 00 PM

11:00 PM

#4
이제야 보이는 것들

다시 가을, 그리고 겨울

1. 새장

돌이켜보면
스스로가 만든 새장이었다.
안정을 위해 새장을 지었고
자유를 위해 새장을 부쉈다가
내 손으로 다시 지었다.

돌이켜보니 자유와 안정은
어느 곳에나 있었지만,
새장 안에선 밖만,
밖에선 새장만 쳐다보고 있었다.

부수고 지어본 뒤에야
새장 안에서도 자유를 볼 수 있게 됐다.

2. 달래전

정심 뭐 먹지?

텃밭에 가지가 너무 많아.

오늘은 가지에이네.

가지찌글이

가지볶음

가지튀김

요리는 내가 했으니까 설거지는 너야.

아까도 내가 했는데 ㅠ.ㅠ

언니 태어나서 대봉
이렇게 많이 본 적 있나.

아니… 홍시로도 다 못먹겠다.

곶감으로 만들자!

대봉으로 곶감이라니
우리 진짜 부르주아다. ㅋㅋ

와 이걸 언제 다 먹지?

막걸리랑 먹으면 되지.

시골의 삶은 늘 선택지가 적다.
있는 것이 많지 않으니
있는 것을 그때그때, 꼬박꼬박 착실하게 활용하며
세월을 나야 한다.

생각나는 건 언제든 먹을 수 있고
다 먹을 필요도, 치울 필요도 없었던 도시의 삶보다
피곤하게 느껴질 때도 있다.

그렇지만 왠지 마음이 편하다.
지금 내게 뒷집 할머니께서 만들어주신
따뜻한 전을 먹는 것보다 중요한 일은 없다.

할어니! 이거 같이 먹어요!

3. 시골 쥐의 서울 마실

4. 어딜 그렇게 가는 걸까

7층 탕비실 창밖을 보면서
멍하니 있을 때가 종종 있었다.
테헤란로는 차가 막히지 않는 시간이 거의 없었다.
전조등을 밝힌 차들이 일렬로 지나가는 모습은
아름답지만 어딘가 애처로웠다.

'다들 어딜 그렇게 가는 걸까?'

맑은 가을날, 작업실 창문 너머
구름의 그림자가 드리운 산을 본 적이 있다.
멍하니 보고 있으면
움직임이 없던 빛과 그림자는
훌쩍 다른 모습을 하고 있었다.
산을 보는 건 시골 생활의 큰 기쁨 중 하나지만
구름의 그림자도 어떤 면에선 처량해 보였다.

이제 알게 됐다.
그 어떤 것도 비교하기 시작하면
더 나은 선택이 될 수 없다는 것을.

테헤란로를 메우던 차의 행렬도,
산등성이를 지나는 빛의 이동도
무엇이 더 낫다고 말할 수 없다는 것을.

그때의 내가 있었기에
지금의 내가 있을 뿐이라는 것을.

요즘 구름의 그림자 사이로 보이는 햇빛은
그것 그대로 아름답다.

5. 설명하기 어려운 것

연재계약서 쓰러 가는 중

일러스트레이터도,
요리 그림 그리는 사람도,
만화가도,
문학가도 아니다.

그럼에도 불구하고
일러스트레이터로, 만화가로, 작가로 불린다.
그 어느 것도 딱히 틀린 말은 아니다.

그래도 언젠가 쿨하게
한 단어로도 설명되는 날이 왔으면 좋겠다.

6. 서른

오늘은 하루 종일 캄캄하다.

가을비가 내렸기 때문이다.

이 비가 내리고 나면
많이 추워질 거라고 한다.
내가 처음으로 진지하게
퇴사를 고민했던 계절이 돌아오는 거겠지.

나는 언제나 조급했던 것 같다.
작년 11월, 퇴사 후 아무 일도 안 하면 불안에 떨 내 모습이 선해
퇴사 전부터 연재처를 찾고 공모전에 지원했었다.

덕분에 퇴사 직후에도 적은 돈이나마 벌게 됐지만,
늘, 더 많은 일을 하지 못해 안달이었다.
회사도 안 다니는데 가만히 있으면 안 될 거 같아서,
아무것도 하지 않는 순간을 견딜 수 없어서,
나 회사 안 다니고도 잘하고 있다고,
정말 열심히 하고 있다고 증명하고 싶어서.

저기요, 저 진짜 열심히 하고
있거든요. 잘하고 있거든요.

그래서 가끔,
내가 불쌍한 적도 있었다.

진짜 열심히 하고 있거든요.

서른,
마땅히 누려야 될 것들도 누릴 새가 없었다.
난 아직 누릴 자격이 없다고 생각했다.
그 순간에도 서른은 스치고 있었는데.
다시 오지 않을 서른인데.

그래서 앞으론 일이 없으면
쉬는 시간으로 생각하기로 했다.
언젠가 내 서른을 돌이켜봤을 때
항상 무언가에 쫓기느라 고됐던 모습만 기억되면 슬플 테니까.

애써 불안해야 할 이유들을 찾아내
'지금 이럴 때가 아냐'라며 다그치지 말아야지.

‘어리광부려도 돼.’
‘이만하면 됐어’라고 말해줘야지.

시간이 흐른 뒤 되돌아봤을 때에도
내 젊음이 참 부러울 만큼
철없이 보내야지.
그렇게 생각하기로 했다.

7. 퇴사, 1년

내 인생에 그만한 단호함을 갖춘 때가 있었나 싶을 만큼
단호하게 회사를 그만뒀지만
그만두고 나선 곧바로 너무 불안해진 나였다.
못 견디고 다시 회사로 돌아가는 게 아닐까 걱정될 만큼.
그리고 1년.

매일이 희망차거나 즐겁진 않았다. 늘 괜찮진 않았다.
스스로에 대한 의심으로 가득찬 날이 계속될 때도 있었다.
그래도 실낱같은 가능성을 발견하고 다시 으쌰으쌰 하며
지금에 이르렀다.

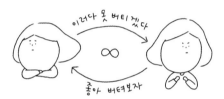

그리고 놀라운 사실은 나는 앞으로도
이렇게 살아갈 생각이라는 거다.

어린이집 4년
초등학교 6년
중학교 3년
고등학교 3년
대학교 5년
인턴 4개월
계약직 8개월
정규직 3년
모두 합하면 25년.

회사도, 학교도, 엄마 손도 없이 나 혼자서 걸어본 건
기껏해야 지난 1년이 전부다.

그래서 내겐 처음 겪는 일들이,
처음 만나는 감정들이,
이제야 마주 보게 된 내 안의 모습들이 너무나 많다.

어쩌면 나는 회사라는 곳을 떠나
긴 여행을 하고 있는지도 모르겠다.
여행을 하다 보니 우연 같은 일이 생기기도 한다.
그때마다 나는 생각한다.
'그래, 이게 인생을 여행하는 맛이지.'

'마이 사이더 my sider'.
나의 길을 찾아가는 과정은 낯선 설렘과 익숙한 불안의 연속이다.

늘 조직의 소리만 내던 나에게
이제 겨우 나의 목소리가 생기고 있다.
그 목소리에 귀를 기울이며 응원해주는 사람들도 생겼다.
그것이 내가 아직은 서툰 한 발을 내딛는 이유이자 원동력이다.

나는 아주 조금씩, 나의 두 발로
세상을 향해 나아갈 것이다.

맨날 한 번만이래.

8. 마지막 페이지

책을 쓰면서
가장 힘들었던 건
어찌됐든
결말을 내야 한다는 점이었습니다.

'이렇게 살아라'는커녕
'이렇게 살겠다'도 못하는 인간이
무슨 화려한 결말을 내보겠다고
저러고 앉아 있는지는 모르겠지만

한심

결론을 낼 수 없는 제가
낼 수 있는 결론은 아무래도
'다음 화에 계속' 같은 게 아닐까요?

1년이 지나는 동안 저는
회사를 떠나고,
서울을 떠나고,
작은 도시를 떠나고,
마침내 시골의 작업실에 다다라
지내고 있습니다.

"그래서 요즘은 다 좋아?"라는 질문과 마주하면
단박에는 대답을 하지 못한 채,
잠시 생각에 잠기게 됩니다.

그래도 종종 서울에 올라가 일을 마치고 돌아오는 밤,
까만 하늘에 바늘로 찍어둔 별을 볼 수 있어
저는 좋습니다.

때론 '역시 침착하지 못했어'라고 후회하고
때론 작업실 창문 너머 보이는 풍경과 나의 그림에 안도하며
시골 쥐와 서울 쥐, 그 사이의 삶을 이어가고 있습니다.

역시,
계속,
해봐야 알 것 같습니다.

FIN

2018.12.14 귀찮

＊퇴사한 지 일 년 되는 날! ＊

이번 생은 망하지 않았음
- 귀찮의 퇴사일기

1판 1쇄   2019년 1월 14일
1판 2쇄   2019년 2월 8일

지은이   귀찮
펴낸이   김정순
편집   김이선
디자인   김수진
마케팅   김보미 임정진 전선경

펴낸곳   (주)북하우스 퍼블리셔스
출판등록 1997년 9월 23일 제406-2003-055호
임프린트 엘리
주소   04043 서울시 마포구 양화로 12길 16-9(서교동 북앤빌딩)
전자우편 ellelit@naver.com
블로그   blog.naver.com/ellelit
전화번호 02 3144 3123
팩스   02 3144 3121

ISBN 979-11-6405-002-4 03810

엘리는 출판사 북하우스의 임프린트입니다.

이 도서의 국립중앙도서관 출판도서목록(CIP)은 서지정보유통지원시스템 홈페이지
(http://seoji.nl.go.kr)와 국가자료공동목록시스템(http://www.nl.go.kr/kolisnet)에서
이용하실 수 있습니다.(CIP제어번호: CIP2018041578)